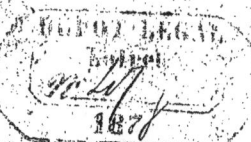
DE L'INFLUENCE

DES

SIGNES HÉRALDIQUES

DANS LES RECHERCHES GÉNÉALOGIQUES

ORLÉANS

IMPRIMERIE DE GEORGES JACOB,

CLOITRE SAINT-ÉTIENNE, 4,

1878

DE L'INFLUENCE

DES

SIGNES HÉRALDIQUES

DANS LES RECHERCHES GÉNÉALOGIQUES

ORLÉANS

IMPRIMERIE DE GEORGES JACOB,

CLOITRE SAINT-ÉTIENNE, 4,

—

1878

INFLUENCE

DES

SIGNES HÉRALDIQUES

DANS LES RECHERCHES GÉNÉALOGIQUES (1)

L'EXAMEN du Nobiliaire français apprend que pour être exact et mis en rapport avec les traditions des familles qu'il intéresse, il devrait être soumis à de nouvelles études.

Nous ne présenterons ici qu'un seul exemple pour justifier cette proposition, dont le développement serait d'une telle étendue, qu'il exigerait une œuvre du plus grand volume.

Cet exemple sera emprunté à la généalogie et aux armes appartenant à une très-ancienne famille fixée depuis près

(1) Malgré la généralité des termes dans lesquels ce titre est exprimé, l'auteur du mémoire croit devoir déclarer qu'il n'entend pas en étendre les éléments au-delà des limites du territoire de l'ancienne monarchie française.

Cependant, en interrogeant le témoignage de l'histoire, constatant l'uniformité des institutions des peuples et la communauté de leur destinée dans la marche des siècles, il lui a semblé que ce qui s'était passé en France s'est passé partout ailleurs à peu près de la même manière, et que le mot de Pascal : *Vrai en deçà, faux au delà,* est une erreur de ce grand esprit.

de deux siècles dans la ville d'Orléans, ou ayant été en possession de fiefs considérables dans ses environs, et à une tradition dont cette généalogie ne tient aucun compte, mais cependant justifiée par ses armes.

APPRÉCIATION CRITIQUE DES GÉNÉALOGIES ET DES GÉNÉALOGISTES.

Avant les d'Hozier, on connaissait peu les généalogies ; pour les temps antérieurs à leur œuvre, elles se réduisent, en petit nombre, à établir l'origine et la descendance de quelques familles provinciales ; et ces recherches doivent être accueillies avec une extrême circonspection.

L'esprit de localité, qui exerçait alors un despotique empire, inspirait à leurs auteurs, tous annalistes ou historiens de quelques provinces ou de quelques grandes villes, une véritable exagération dans l'importance et l'ancienneté qu'ils attribuaient à certaines familles.

Nés, pour la plupart, dans les classes les plus modestes, à peine entrés dans l'ordre de la bourgeoisie, ils aimaient à rencontrer dans leurs pairs, leurs protecteurs ou leurs amis, et quelquefois leurs parents, des illustrations ou tout au moins de remarquables notabilités, non seulement par les services rendus, mais encore par l'ancienneté de la naissance.

De là les listes plus ou moins abondantes en noms d'hommes célèbres ou en origines de vieilles dates qui seraient restés parfaitement ignorés sans ces mentions obligeantes ou intéressées, et qu'on ne rencontre que dans ces seuls ouvrages.

D'un autre côté, la vénalité des offices augmenta dans une proportion exagérée le nombre des membres de la bourgeoisie qui purent s'introduire dans le cercle aristocratique.

Ces abus prirent une telle proportion, et donnèrent lieu à un si grand nombre d'usurpations, que plusieurs rois, Louis XI, Henri IV, Louis XIII, Louis XIV et Louis XV lui-même, ordonnèrent la révision des lettres d'anoblissement prétendues, depuis le règne de Philippe le Hardi, c'est-à-dire de celles postérieures aux croisades.

Des commissions furent constituées à cet effet; elles agirent sous la direction d'un officier supérieur, qui prit la qualification de *Juge d'armes ;* c'est en cette qualité que Pierre d'Hozier fut considéré comme le *Créateur de la science généalogique,* que son fils Charles-René, généalogiste de la maison du roi, reçut le titre de *Garde de l'armorial général de France ,* et que Louis-Pierre d'Hozier, petit-fils de Pierre et neveu de Charles-René, de concert avec Antoine-Marie d'Hozier de Sérigny, son fils, publia, de 1738 à 1768, l'*Armorial de France* (1).

On dit que le contrôle exercé sur les lettres de noblesse prétendues délivrées eut pour conséquence de réduire la liste des familles nobles dans un nombre à peine croyable; on l'élève à 40,000, et cependant les commissaires et les juges d'armes ne furent pas exempts de l'accusation de s'être laissé corrompre.

Mais, en admettant qu'ils aient été victimes d'une

(1) Cet ouvrage n'a pas moins de 10 volumes in-fo ornés du blason de toutes les familles dont il a la prétention de rapporter les origines et les généalogies.

calomnie presque inévitable lorsqu'on est obligé de faire beaucoup de mécontents, on peut dire, en toute assurance, que les homonymies, les passages des familles ou seulement de l'un de leurs membres d'une province à une autre, un simple changement de résidence dans la même province, un affaiblissement dans la position de fortune, la négligence naturelle à l'homme, aggravée par la difficulté des communications et de la viabilité, ont dû amener de grandes confusions de races, de très-regrettables erreurs devenues, avec le temps, irréparables (1), et, par conséquent, de fâcheuses incertitudes sur l'origine de ces races et sur le rang que plusieurs d'entre elles doivent occuper dans la hiérarchie de l'aristocratie de naissance.

Il est évident que ces confusions, ces incertitudes se sont, de toute nécessité, plus particulièrement appliquées aux familles les plus anciennes, dont elles ont fait perdre de vue le point de départ historique, et par conséquent le lieu d'origine et les traditions les plus précieuses se transmettant de générations en générations.

Les choses en sont à ce point, qu'après plus de deux siècles de silence gardé par un grand nombre de ces familles, et passés au milieu d'événements politiques, religieux, sociaux et militaires qui ont tourmenté l'Europe, il semble bien téméraire de revenir sur des travaux semi-officiels et pour ainsi dire définitifs, par l'acceptation à laquelle elles se

(1) Guillaume de Mieullet ayant négligé de faire remettre à d'Hozier ses lettres de noblesse, ce dernier, qui ne pouvait les contester, lui donna pour armes, de sa propre autorité : *d'or à deux chats appointés de sable, par allusion à son nom ;* la plaisanterie a été bien prise : le gentilhomme a conservé les deux chats.

résignent en présence de l'extrême difficulté qu'elles éprou-
veraient à controler ces généalogies et à justifier leurs
propres traditions.

Mais ces considérations ne sauraient arrêter l'observa-
teur et le chercheur dans leurs critiques et leurs recherches, et c'est en obéissant à cette pensée qu'on a tracé les
lignes suivantes.

ANCIENNE TRADITION PROUVÉE PAR LE BLASON.

Un membre de la famille du nom patronymique de Bigot,
dont il a été parlé plus haut, s'est établie dans les environs
d'Orléans au commencement du XVIIᵉ siècle, par l'acqui-
sition d'une terre seigneuriale appelée la Touanne et La
Motte-Baccon.

Plus tard, un autre membre de cette famille, Augustin-
Pierre-Marie Bigot, vicomte de Morogues, déjà seigneur
de Villefallier, fief situé dans la Sologne, vaste contrée de
la province de l'Orléanais, était nommé, à la résidence
d'Orléans : *lieutenant des maréchaux de France.*

On a recherché l'origine de ces nouveaux arrivés, et la
tradition s'est répandue et conservée, jusqu'à ce jour,
qu'ils descendaient d'un des compagnons de Guillaume le
Bâtard dans son heureuse entreprise contre l'Angleterre,
et que l'un d'eux était venu, au cours du XIVᵉ siècle,
s'établir dans le Nivernais.

Cette tradition un peu vague et bien insuffisante, si elle
restait isolée, se complète par un document qui pourrait
lui donner une assez grande autorité.

Il s'agit d'une ancienne généalogie précieusement conservée dans cette famille, constatant deux faits ici d'une véritable importance.

Le premier que : Pierre Bigot, né en 1382, et marié à Bourges en l'année 1422, auteur de la branche, s'étant transporté du Berry dans l'Orléanais, était, dès cette époque, seigneur de la vicomté de Morogues, fief situé à peu de distance de la ville de Bourges.

Le second que : Pierre Bigot appartenait à la branche commune remontant à Gilles Bigot, lieutenant général du bailliage d'Alençon, ville de l'ancienne Normandie, dont les ancêtres sont signalés comme ayant pris part à la conquête de l'Angleterre, sous la conduite du duc des Normands.

Ce lien de parenté résulte d'une transaction réglant entre Gilles et Pierre Bigot, oncle et neveu, leurs intérêts respectifs dans la succession du père de l'un et aïeul de l'autre, au moment où ce dernier quittait la Normandie pour venir s'établir dans le Nivernais ou le Berri, provinces limitrophes.

Toutes ces énonciations sont corroborées par des relations et des alliances persistantes entre la branche du Berri, aujourd'hui dans l'Orléanais, et la branche de Normandie jusqu'à son extinction.

Ces relations s'offrent fréquemment à l'attention dans les œuvres généalogiques, telles que celles du P. Anselme, de Lachesnaye-Desbois, de la Thaumassière (1) et de d'Hozier qui, tous, écrivant à des époques éloignées les unes des autres, sans s'être concertés, n'en sont pas moins contraints, à leur insu, de réunir ces différentes branches et

(1) Savants généalogistes très-versés dans la science héraldique.

leurs nombreux degrés, et, très-souvent, de les confondre, tout en les divisant et en les considérant comme étrangers les uns à l'égard des autres.

Cependant, et malgré la nécessité d'une rectification, bientôt exprimée, de la date attribuée à la naissance de Pierre Bigot, inexactitude facile à comprendre lorsqu'il s'agit d'un fait de cette nature appartenant à ces temps, quelque prix qu'on doive attacher à toutes ces énonciations et à cette date elle-même, qui viennent d'être reproduites et que peut-être, en considération du point de vue sinon exclusif, au moins spécial, auquel nous nous plaçons ici, nous aurions pu négliger, elles ne peuvent avoir d'autre effet que celui de préparer l'élément principal de conviction qui doit leur donner une pleine et entière justification, et le caractère définitif et irrécusable qui leur manque.

Cet élément exerce, en ces matières, une telle influence que, quand même ceux qui viennent d'être énoncés n'existeraient pas, il se suffirait à lui-même pour la justification de la proposition qu'ils contiennent en germe, mais qu'à eux seuls ils n'ont pas la puissance de féconder.

Cet élément de conviction n'est autre que le blason de la famille ; celle-ci porte *de sable à trois têtes de léopard d'or, lampassées de gueules, posées 2 et 1*, accompagné de cette devise : *De par Dieu,* qui n'est que la reproduction de ce mot attribué à Rollon, se refusant à baiser le pied de Charles le Simple en signe de vassalité : *Ne se Bey God.*

Il n'est pas de signes héraldiques d'un symbolisme plus primitif.

Il est hors de doute que ceux tirés du règne animal, la

barbarie des bandes de guerriers nomades l'explique
remontent à l'enfance de leur adoption.

Les autres, empruntés au règne végétal, à l'astronomie
et autres parties de la création, aux instruments de guerre
ou à des faits attestant une organisation militaire plus
savante; au genre fantaisiste se reproduisant de mille
manières; ou faisant allusion aux noms patronymiques, à
des qualités ou à des défauts physiques particuliers aux
chefs de familles, et qu'à cause de cela on a nommés armes
parlantes ou *chantantes;* ou bien, enfin, se réduisant à
l'expression des sentiments du cœur à cette époque d'une
galanterie s'élevant jusqu'à l'enthousiasme, ne peuvent
appartenir qu'à une civilisation plus avancée.

Dans ce langage primitif, le sable, c'est la terre, objet
d'une conquête nouvelle qui sera démembrée et partagée,
à titre de bénéfice, entre les *conquesteurs;* et les autres
signes, ce sont les guerriers eux-mêmes, personnifiés par
les individus reconnus, dans le règne animal, pour être les
plus audacieux et les plus indomptables.

C'est bien ainsi que l'entendait, ce qui est ici très-remar-
quable, un trouvère anglo-normand (Baudoin) presque
contemporain de la conquête de l'Angleterre par Guillaume le Bâtard dans son poème intitulé : *Chronique des*

ducs de Normandie depuis les premières invasions norman-
des jusqu'à l'année 1137, dans lequel on remarque ce vers :

Fierz et hardiz pluz leoparz.

Et cet autre dans les chansons de Saisnes :

Et courageux en armes et fiers comme lieupart (1).

On vient de le dire, le *champ,* c'est l'objet de la convoi-
tise du guerrier barbare ; le *léopard,* c'est le chef de l'expédition avec tous les attributs et toutes les menaces de sa
nature. Il est d'abord au nombre de deux, dit le P. Anselme,
car il est *Danois* et *Normand ;* il sera au nombre de trois
après la nouvelle conquête, *pour la dignité du royaume
qu'il s'est acquis.*

Le léopard, dit Gelliot dans son *Indice armorial,* « se
met seul, comme celui de Guienne, qui est d'or, au champ
de gueules ; l'on en range deux l'un sur l'autre, comme en
duché de Normandie ; et tantôt trois, tels qu'on les voit
avec les mêmes émaux en l'écu d'Angleterre composé de
Guyenne et de *Normandie.* »

Il est vrai que de notables différences distinguent les
armes du chef de l'expédition des armes qui appartiennent
à la famille de celui qui fut l'un de ses compagnons
dans cette périlleuse entreprise ; mais loin que ces différences excluent ses membres du cercle normand, elles les
y introduisent d'une manière toute spéciale, puisqu'elles
rappellent, par le *champ,* le fait principal auquel elles se
rattachent, et auquel ce signe fait une allusion *parlante,*

(1) Cités par M. Littré : *Histoire de la langue française.*

et que, par les pièces dont ce champ est chargé, elles les associent, dans une certaine mesure, et on conçoit que cela ne pût être autrement, aux propres armes de ce chef.

Ces anciennes armoiries ne peuvent être le fruit du hasard ou de la fantaisie ; on lit dans Gabriel Dumoulin, auteur de l'*Histoire de Normandie,* le récit d'un naufrage arrivé en l'année 1120, devant Barfleur, le passage suivant : « Ceux qui périrent furent Guillaume Adelin, fils du Roi ; Richard, son frère naturel ; Mahaud, comtesse de Mortaigne, leur sœur ;..... Guillaume Bigot. »

L'histoire d'Angleterre aux XIIe et XIIIe siècles signale ce nom patronymique, accompagné de noms de bénéfices et de principautés, dans un grand nombre de ses pages ; toute citation serait, à cet égard, superflue, et ce qui vient d'être dit, rapproché des signes héraldiques appartenant à la famille normande, que le hasard des temps a dispersée, les uns étant restés au lieu de la naissance sans partager les grandeurs de ceux fixés en Angleterre, les autres s'étant éloignés de ce lieu en s'attachant à l'une des plus grandes familles de la monarchie française (1), justifie, pour tous, l'origine que la tradition lui attribue.

Ces observations sont singulièrement affirmées par les armes d'une autre famille, plus récente, étrangère à la Normandie et, par cette raison, que son illustration s'est acquise dans cette province ; la maison des Dormans, seigneur de Nozai, près Troyes, en Champagne, porte : *d'azur aux trois têtes de léopard d'or, lampassées de gueules.*

Ici se manifeste, par la différence et les similitudes des

(1) La famille des comtes de Nevers.

armoiries de ces deux familles, la constatation de la commune origine toute normande et angevine de ces armes; les Dormans, sous les règnes de Charles V et de Charles VI, ont fourni des évêques aux diocèses de Lisieux, de Bayeux et d'Angers.

Ces siéges, où ils ont occupé le rang le plus élevé de la hiérarchie ecclésiastique, expliquent ces armoiries presque identiques à celles de la maison Bigot ; mais à la différence de celle-ci qui, ayant contribué à la conquête d'une terre nouvelle, voit les trois têtes de léopard d'or à langues de gueules charger un champ de sable, cette autre, par les principaux d'entre elle et à son entrée dans le cercle héraldique, ayant fait partie de la milice ecclésiastique et, très-probablement, ayant conquis le ciel pour eux et pour un grand nombre, voit ces pièces honorables charger un *champ d'azur*.

Une autre famille vient attester le caractère normand des trois têtes de léopard d'or, l'origine normande de leur concession et de ceux qui ont le droit de les placer sur leurs écus.

Au quatrième registre de l'*Armorial de France*, d'Hozier mentionne la maison de Frémont, marquis de Razai et de Charleval, seigneur de quelques autres domaines inutiles à dénommer ici, et il nous apprend que le fief de *Frémont* est situé paroisse de Pintot, au pays de Caux, vicomté de Caudebec, province de Normandie, et que cette maison était, ou, si elle existe encore, est en possession d'armes qu'il blasonne ainsi : champ d'azur à trois têtes de léopard d'or.

Comme on le voit, ces armes sont semblables à celles de

la famille Bigot, à l'exception très-significative que le champ de ceux-ci est de sable, tandis que le champ du marquis de Frémont est d'azur, et que les trois têtes de léopard des Bigot sont lampassées de gueules, ce qui, dans le langage héraldique, est un signe de guerre au premier chef, tandis que les têtes de léopard de l'écu du marquis de Frémont ne le sont pas, même *au naturel*.

Et si, après avoir insisté sur ce qu'on peut appeler l'acte d'origine et, en même temps, sur le véritable sens symbolique de ces signes, nous revenons à leurs possesseurs, nous rencontrons, dans la Touraine et le Vendômois, les Bigot, seigneurs de *Pontbodin* et de *Sepmer*, en possession des mêmes armes.

Et si nous pénétrons en Bretagne, dès la fin du XVIIIe siècle et le commencement du XIXe, nous y trouvons une autre partie de la famille normande, d'où est sorti un jurisconsulte célèbre, Félix-Julien-Jean Bigot de Préameneu, né à Rennes en 1747, avocat au Parlement de Paris lorsque la révolution éclata.

Tour à tour magistrat, député à l'Assemblée législative, membre de la commission chargée de la rédaction du Code civil, ministre des cultes (1808) et membre de l'Académie française, il portait, comme les Bigot de la Touanne, de Morogues et les Bigot de Pontbodin, c'est-à-dire du Berry, de l'Orléanais, de la Touraine et Vendômois : de sable aux trois têtes de léopard d'or, languées de gueules, deux et une.

Le léopard est bien rare dans les écus des nobles de France ; il n'y a guère que les Caumont la Force qui les aient au nombre de trois superposés et sur champ d'azur, mais ils les avaient comme étant Guyenne.

Les trois têtes de léopard sont aussi très-rares et n'appartiennent à aucune famille du centre de la France (1), et, par conséquent, elles n'appartiennent à aucune de celles qui font partie du cercle des anoblis.

Ces préliminaires posés, on peut se demander s'il est admissible qu'une famille anoblie, du nom patronymique de Bigot, en possession de telles armes, soit originaire du Berry, ou plutôt si une famille de cette province et de ce nom n'est pas originaire de la Normandie.

Les généalogistes commissionnés par l'autorité royale, d'accord en cela avec un annaliste de la ville de Bourges, représentent la famille Bigot ainsi armoriée, circonstance qu'ils passent sous silence, comme étant originaire de cette ville et comme ayant été anoblie en l'année 1369, par des

(1) Cependant les Annales du Berri parlent d'une famille habitant cette contrée, en possession des armes appartenant à la famille Bigot ; il s'agit ici de la maison de Barbançois.

Mais en même temps ces annales nous apprennent que le fief de Barbançois était situé dans la Marche.

Or, la Marche : *Marca, frontiera,* dont il s'agit, était *Guyenne* ou ancienne *Aquitaine,* et comme il se peut que le fondateur de cette maison fût doué d'une barbe tout à la fois abondante et d'une extrême finesse ; et comme aussi rien n'est plus *soyeux* que le pelage des félins, surtout celui de la face, le blason des *Barbançois* (et par allusion : des barbes en soie) s'est trouvé, à double titre, devoir être : trois têtes de léopard d'or lampassées de gueules, deux et une.

Cette similitude ne peut porter atteinte à la nationalité, si on peut parler ainsi des armes attribuées plus particulièrement à quelques familles nobles de Normandie, puisque, d'une part, l'ancienne *Aquitaine* ou *Guyenne* les partageait avec la Normandie, et qu'en outre elles appartiendraient ici à une série d'allusions dont on a fait, dans le langage héraldique, un si fréquent usage qu'il a bientôt dégénéré en un véritable abus.

patentes royales, dans la personne de Michel Bigot, alors échevin.

Et, disent ces lettres, quoique Michel Bigot soit noble pour son mérite personnel, nous l'anoblissons et créons noble avec toute sa postérité de l'un et l'autre sexe : *Licet ex merito latere nobilis existat, cum tota posteritate sua nata et nascitura cujuscumque sexus, nobilitamus et nobilem efficimus.* Cependant la généalogie qui part de cette date et de cette origine nous semble soumise aux observations qui précèdent, à ce point qu'elle doit être rectifiée.

Il n'est d'ailleurs pas possible que cette date et cette origine puissent être acceptées.

Le généalogiste du Berry suivi par d'Hozier fait succéder, à Michel Bigot, Pierre Bigot, vicomte de Morogues, qu'on ne connaît que par son mariage, qui eut lieu en 1422, c'est-à-dire cinquante-trois ans après les lettres d'anoblissement, et par son testament du 13 septembre 1470, c'est-à-dire postérieur de plus d'un siècle à ces lettres.

Tout ceci est évidemment impossible : ou Pierre n'est pas le descendant immédiat de Michel, et, dans ce cas, il y aurait une lacune á combler dans la descendance ; ou, s'il l'est, il y aurait une erreur à redresser, dans les chiffres produits.

Aussi cette énonciation doit être rapprochée des autres adoptées par les généalogistes traitant de familles connues sous ce nom patronymique de Bigot.

Le *Dictionnaire de la noblesse* semble devoir mettre fin à cette incertitude.

Il s'exprime ainsi : Bigot, en Normandie (1), famille dont la filiation est suivie et *prouvée par pièces authentiques,* depuis Eméry Bigot, écuyer, qui vivait en 1350.

Cet Eméry Bigot était seigneur de Fontaine, de la Turgère et de Verneuil, domaines situés près de la ville d'Évreux, c'est-à-dire : en Normandie.

Eméry Bigot, deuxième du nom, succède à son père en l'année 1393 ; il a deux fils, Guillaume et Pierre.

Guillaume hérite des domaines de son père et comparaît aux échiquiers (haute Cour de la province de Normandie) des années 1454, 1456 et 1462.

Pierre disparaît de la contrée. La généalogie du *Dictionnaire de la noblesse* (2), qui ne tient aucun compte de la famille Bigot, du Berry, se continue, sans qu'il y soit plus jamais question de ce fils d'Eméry Bigot ; elle se poursuit cependant jusqu'à Éméry Bigot, *l'un des plus savants hommes du XVIIᵉ siècle, dont les curieux manuscrits sont conservés dans la bibliothèque du Roi.*

Et précisément on rencontre dans la Généalogie d'Hozier, à Bourges et en l'année 1422, un Pierre Bigot qui, ainsi que nous l'avons dit, s'y maria, en prenant le titre de vicomte de Morogues, étant bien probablement âgé de vingt-huit à trente-deux ans, et faisant son testament en l'année 1470.

C'est donc une hypothèse toute simple et qui approche

---

(1) L'auteur ajoute, mais sans se donner la peine de justifier ce qu'il dit : *famille originaire du Perche ;* d'ailleurs le Perche et la Normandie se touchent à ce point que, dans leurs parties limitrophes, ils peuvent être confondus.

(2) Auteur : Lachesnaie-Desbois.

même de l'évidence, que de voir dans ce Pierre Bigot, premier de la ligne dite du Berry, le fils puîné d'Eméry Bigot, deuxième du nom, qui va porter de la Normandie dans le Berry son mince héritage de cadet.

Cette hypothèse n'est pas nouvelle; l'ancienne généalogie conservée par la famille Bigot de la Touanne et de Morogues part de ce Pierre Bigot, qu'elle fait naître en 1382, et qui ne peut être que le cadet normand.

Aussi La Thaumassière, l'annaliste de la ville de Bourges, en produisant deux Pierre Bigot, le premier se mariant en 1422 et testant en 1470, et le second, fils du premier, échevin de la ville de Bourges, ès-années 1486, et dès cette époque trésorier général de la maison de Nevers, tous deux vicomtes de Morogues, justifie pleinement l'origine normande de ces derniers, l'époque et la cause de leur émigration de la Normandie dans le Berry, et justifie ainsi l'ancienne généalogie et l'ancienne tradition conservée dans cette famille.

On pourrait aller plus loin dans cette voie, invoquer, en y insistant davantage, les rapprochements et les relations qui ont existé entre la branche du Berry et celle restée en Normandie, par la possession alternative de quelques fiefs situés soit en Normandie, soit dans le Nivernais, et par des alliances.

Mais ce serait s'éloigner de la thèse purement héraldique qui, principalement, a fait l'objet de cette étude, et qui consiste exclusivement dans la proposition de l'autorité des armoiries des familles pour, dans le doute du lieu de leur origine l'établir et la faire prévaloir sur des suppositions en contradiction avec elles.

Les détails dans lesquels on vient d'entrer, à regret, n'ont eu et ne pouvaient avoir d'autre objet que de venir en aide à la proposition elle-même ; on ne saurait y insister sans courir le risque de l'affaiblir. Il convient donc de s'arrêter ici et de la résumer dans sa généralité par ces mots : les armes sont spéciales à certaines contrées et à certaines époques ; elles sont un mode tout à la fois topographique et chronologique ; elles ne-peuvent, par conséquent, appartenir qu'à certaines familles, et qu'à certaines contrées, et qu'à certaines époques et, dans ce qu'elles ont de particulier, celles de la famille Bigot, consistant en un champ de sable chargé de trois visages de léopard languées de gueules, ne peuvent être que normandes (1) et ne peuvent se rencontrer

(1) On lit dans une généalogie spéciale de la *maison Bigot,* précieux manuscrit, œuvre d'un généalogiste nommé Jean Haudicquier, qui a consacré ses recherches à la noblesse de Picardie, un passage emprunté à Camden, dans son ouvrage publié en l'année 1600, sous le titre de : *Anglica, Normanica, Cambrica a veteribus scripta,* qu'il dit avoir emprunté lui-même à un manuscrit *appartenant au monastère de la ville d'Angers,* passage ainsi conçu :

« *Carolus Stultus dedit Normaniam Rolloni cum filia sua Gisla. Hic non est dignatus pedem Caroli osculari cumque comites illum admonerent, ut pedem regis in acceptione tanti beneficii oscularetur, lingua anglica respondit :* Ne se Bigot (*), *quod interpretatur :* Non per Deum.

« *Rex vero sui illum deridentes et sermonem ejus corrupte referentes, illum vocaverunt* Bigot, *unde Normanni adhuc vocantur Bigodthi.* »

Du Cange adopte cette version, et tous les deux, lui et Camden, citent à ce sujet ce passage du *Roman de Rou :*

> Souvent dient : « Sire, pourquoy
> Ne tollex la terre aux Bigos ? »

On a peine à accueillir ces traditions légendaires. Charles III, dit le

(*) Il semble que Camden aurait dû écrire : *Bey God.*

à une autre époque que celle qui a suivi l'établissement des pirates du Nord dans la province du royaume des Francs appelée Neustrie et, depuis leur invasion, appelée Normandie.

Simple, *Carolus Stultus,* n'était pas si simple qu'on l'a prétendu ; son acte d'alliance avec Rollon le prouve. Il était brave ; il montra cette qualité dans sa lutte avec Eudes et même dans celle qu'il soutint contre le chef normand.

On va jusqu'à dire que celui-ci, en lui baisant le pied, le renversa, ce que le roi n'aurait pas pris aussi gaîment qu'on le dit, et qui eût été en contradiction avec la scène telle qu'elle est racontée.

Et d'ailleurs, si le mot *Bigot* avait cette origine, il ne serait pas devenu seulement le nom d'une ou plusieurs familles, mais il aurait désigné une nation tout entière.

Ce mot désignait, sans doute, originairement des personnes adonnées aux actes religieux ; l'imitation de celles qui l'étaient moins sincèrement lui a fait prendre une acception qu'il n'avait pas à son origine ; mais, en tous cas, et devenu nom patronymique, il n'a rien de commun avec l'événement de la reconnaissance de vassalité par le chef barbare envers le roi de France.

L'auteur du présent mémoire ose espérer avoir démontré que notre époque a cette supériorité sur celle à laquelle appartient cette légende, de n'avoir pas besoin d'y avoir recours pour établir et justifier une théorie appartenant, tout à la fois, à la science héraldique et à celle du droit féodal.

Cette étude est extraite du *Giornale araldico-genealogico-diplomatico Italiano* — Pisa, aprile et maggio 1876 — et est signée : Eugène BIMBENET.